AF166424

Für Katharina

Christopher Bendele

Dorothea die Drossel

*Bibliografische Information der Deutschen Nationalbibliothek:
Die Deutsche Nationalbibliothek verzeichnet diese Publikation in
der Deutschen Nationalbibliografie; detaillierte bibliografische Da-
ten sind im Internet über http://dnb.dnb.de abrufbar.*

© *2019 Christopher Bendele*

*Illustration: Beate Sarau
weitere Mitwirkende: Anne Beetz, Katharina Sarau*

Herstellung und Verlag: BoD – Books on Demand, Norderstedt

ISBN: 9 783735 743282

KAPITEL 1

Dorothea die Drossel war kein besonders hübscher Vogel.

Sie hatte pechschwarzes Gefieder, für das sich Dorothea sehr schämte. "Schwarz wie Pech bist du!", riefen die anderen Drosseln. "Pechvogel, Pechvogel, du bist ein Pechvogel!", riefen sie hämisch. Dorothea war auch noch nie besonders schnell gewesen. Wenn Dorothea nach einem langen Tag zurück ins Nest ihrer Eltern geflogen kam, waren ihre anderen Drosselfreunde schon längst wieder da. „Du bist der langsamste Vogel der Welt" lachten sie sie aus. Dorothea ließ sich zwar nie etwas anmerken, aber insgeheim ärgerte sie sich furchtbar über die anderen Drosselkinder.

"Wie war dein Tag mein Spatz?", fragte Mama Drossel Dorothea jeden Abend, wenn sie zurück in das elterliche Nest geflogen kam. "Mama! Ich bin eine Drossel und kein Spatz!" „Ich weiß aber du bist eben doch mein kleiner Liebling. Mein kleiner Spatz eben." Genervt rollte Dorothea mit den Augen. Ihre Mama behandelte sie immer noch so als wäre sie gerade erst aus dem Ei geschlüpft. „Hast du schön mit den anderen Drossel Kindern gespielt?" fragte Mama Drossel. „Gespielt haben wir, ja. Aber die anderen Drosseln haben mir wieder doofe Namen gegeben.", antwortete Dorothea traurig. „Und sie haben gesagt ich sei keine Drossel, sondern eine lahme Ente, weil ich beim Wettfliegen wieder letzte geworden bin.", Tröstend legte Mama Drossel ihre Flügel über Dorothea.

„Auf die darfst du gar nicht hören. Du bist mein Schatz und nur das ist wichtig." "Aber ich möchte nicht nur dein Schatz sein. Ich

will so sein und aussehen wie die anderen Drosseln." „Ist es dir denn so wichtig so zu sein wie die anderen? Es ist doch viel wichtiger, dass du *Du* bist. Dorothea die Drossel. Und das ist gut so." Dorothea wurde ärgerlich. "Das ist nicht gut so Mama! Ich möchte nicht Dorothea sein!", wütend stapfte Dorothea zu ihrem Platz im Nest. "Manchmal versteht Mama auch gar nichts." dachte Dorothea.

In dieser Nacht konnte Dorothea nicht gut schlafen. Ständig drehte sie sich von einer Seite zur anderen. Das eine Mal wäre sie beinahe aus dem Nest gefallen so unruhig schlief sie. Am Morgen als die ersten Sonnenstrahlen gerade schüchtern durch die Zweige schienen hatte Dorothea einen Entschluss gefasst: sie würde wegfliegen, ganz weit weg. Dorthin wo sie keiner kannte und dort würde sie dann leben. Und niemand würde sie als "Pechvogel" hänseln. Oder ihr sagen sie sei zu langsam.

Als sie Mama Drossel ihre Entscheidung mitteilte brach diese in Tränen aus und schluchzte: "Aber du kannst doch nicht einfach wegfliegen! Wir brauchen dich doch hier." "Ach Quatsch Mama! Ihr braucht mich hier nicht. Ich bin weder so hübsch wie die anderen Vögel noch kann ich so schnell fliegen wie sie. Ihr seid ohne mich besser dran." "Aber du bist doch mein kleiner Spatz!" "Ich will aber nicht dein kleiner Spatz sein. Ich bin Dorothea die pechschwarze Drossel und ich werde jetzt wegfliegen." Dorothea drehte sich um damit ihre Familie nicht sehen konnte wie sie weinte. Eigentlich wollte sie auch gar nicht weg denn sie liebte ihre Familie sehr.

Gerade als sie ihre Flügel ausgebreitet hatte, um fortzufliegen rief eine Stimme: "Dorothea! Warte!" Es war Papa Drossel. Er hockte in der Ecke des Nestes. Er hatte ein prächtiges weißes Gefieder und im Licht der aufgehenden Sonne schien es zu leuchten. "Komm zu mir mein Schatz." rief er. Als Dorothea näher kam konnte sie sehen das auch Papa Drossel geweint haben musste. Seine Augen waren gerötet. "Du bist mein ganzer Stolz Dorothea." sagte er. Seine Stimme klang traurig. „Und auch ich würde mir wünschen, dass du bei uns bleibst aber ich verstehe, dass du fortfliegen möchtest und ich werde nicht versuchen dich daran zu hindern. Doch möchte ich dir etwas geben bevor du uns verlässt."

Papa Drossel holte etwas unter dem Nest hervor, dass Dorothea noch nie gesehen hatte. Es war ein Ring. Kein riesiger prächtiger Ring, sondern ein Ring aus mattem Silber in der Form einer Acht von dessen Anblick Dorothea völlig verzaubert war. „Diesen Ring hat mir meine Mutter geschenkt als ich in deinem Alter war und von zuhause wegfliegen wollte. Sie sagte zu mir dieser Ring solle eines Tages der Grundstein für mein eigenes Nest werden. Genauso habe ich

es dann auch gehalten und als deine Mutter und ich nichts hatten, hatten wir immer noch diesen Ring. Und wir haben ihn als Anfang für dieses Nest genutzt, in dem wir dich aufgezogen haben. Und jetzt sollst du ihn haben."

Dorothea brachte keinen Ton heraus. „Eines Tages dann, wenn du einen Ort gefunden hast, von dem du nie wieder fortgehen möchtest, dann sollst du dort dein eigenes Nest bauen. Wenn es soweit ist, dann soll dies auch für dich der Anfang deines Nestes sein, sowie er es auch für mich war."

Nachdem ihr Vater ihr dies erzählt hatte, konnte Dorothea ihre Tränen nicht länger zurückhalten. Schluchzend lag sie in den Federn ihres Vaters und sagte: "Ich habe dich sehr lieb Papa." "Ich habe dich auch lieb Dorothea." sagte ihr Vater. Und ohne ein weiteres Wort pickte Dorothea den Ring mit ihrem Schnabel auf und flog davon.

Kapitel 2

Dorothea flog und flog. Sie flog bis ihre Flügel lahm wurden und sie sie kaum noch aufrecht halten konnte. Den ganzen Tag flog sie bis die Sonne nur noch ein kleiner Fleck am Horizont war. Als die Grillen anfingen zu zirpen und die Dunkelheit sich um den kleinen Vogel ausbreitete setzte sich Dorothea auf den Ast eines Baumes. Müde und erschöpft streckte Dorothea ihre Flügel aus. Sie mochte sich keinen Zentimeter mehr bewegen. So saß sie eine Weile still auf ihrem Ast und horchte auf die Geräusche um sie herum. Alles klang so fremd hier. Kein Geräusch erinnerte sie an ihr Zuhause. Auch die Gerüche des Waldes rochen ganz anders als zuhause. Dorothea fühlte sich fremd und alleine. Sie war so schrecklich müde und erschöpft. Langsam merkte sie wie ihr immer wieder die Augen zufielen. Als Dorothea schon fast eingeschlafen war raschelte es plötzlich im Geäst neben ihr. Noch ehe sie rufen konnte: „Wer ist da?" brach ein pechschwarzer Vogel aus dem Blättergewirr hervor.

Dorothea erschrak zutiefst. Der andere Vogel schien sie zuerst gar nicht zu bemerken. Er flatterte mit seinen dunklen Schwingen um Dorothea herum. Schließlich setzte er sich auf einen Ast über der Drossel. „Nanu?", rief er erstaunt. „Ich habe dich gar nicht gesehen. Wer bist du denn?"

„Ich bin Dorothea. Dorothea die Drossel." antworte der junge Vogel mutig. „Dorothea die Drossel? Das ist ja ein blöder Name!", der schwarze Vogel gackerte. „Wie heißt du denn?" fragte Dorothea zurück. „Ich? Ich heiße Richard der Rabe."

Ehe Dorothea dem Raben sagte konnte, dass sein Name auch nicht viel besser war als ihrer, schnatterte dieser schon weiter: „Du bist wohl nicht von hier, oder? Hast du dich verflogen? Wo willst du denn hin?" „Ich weiß gar nicht so recht wo ich überhaupt hinwill. Nur ganz weit weg will ich." sagte Dorothea „Aber warum das denn? Ist es nicht schön wo du herkommst?", fragte der Rabe erstaunt. „Doch schön ist es schon…" Dorothea dachte sofort an ihre Mutter und ihren Vater und wurde ganz traurig. „Aber, wenn es schön war wo du her-kommst warum bist du dann nicht mehr da?"

Darauf wusste Dorothea erstmal überhaupt nicht richtig zu ant-worten. Dann fiel es ihr wieder ein und sie sagte: „Die anderen Vögel waren ganz gemein zu mir!" „Gemein? Wie das denn?" fragte der dunkle Vogel und flatterte zu Dorothea herunter. „Naja…die anderen Drossel Kinder haben sich darüber lustig gemacht, dass ich so ein dunkles Gefieder habe. Sie haben ge-sagt ich sei ein Pechvogel, weil ich so schwarz wie Pech bin." Da sie jemanden gefunden hatte der ihr zuhörte, sprudelten die Worte nur so aus Dorothea heraus und sie merkte wie ihr die Tränen kamen. Schluchzend sagte sie: „Ich bin einfach häss-lich!" So saß sie eine Weile schluchzend neben dem Raben. „Na, na." sagte dieser und legte einen Flügel um Dorothea. „Weißt du.", sagte er, „die Menschen halten mich für den hässlichsten Vogel von allen. Aber weißt du was? Ich höre da gar nicht drauf. Ich bin wie *ich* bin und die sind so wie *sie* sind und das ist auch gut so. Der eine findet eben schwarzes Gefieder hässlich, ein anderer findet es wiederrum wunderschön. So verschieden sind die Ansichten."

So wie der Rabe hatte das Dorothea noch nie gesehen. „Viel-leicht hast du Recht." räumte sie dem Raben ein. „Findest du dich denn hübsch Dorothea?", fragte dieser. Dorothea musste nachdenken. „Ich weiß nicht. Ja, doch ich gefalle mir eigentlich recht gut. Es gibt auch nicht viele Drosseln mit einem dunklen Gefieder.", sie hielt kurz inne. „Also, wenn ich es mir recht überlege bin ich sogar die einzige Drossel mit schwarzem Gefieder." „Na also da hast du es." sagte der Rabe triumphierend. „Du hast selber gerade festgestellt, dass du nicht nur hübsch bist, sondern auch noch einzigartig. Was grübelst du denn dann noch so viel?" „Ja aber die anderen Vögel…" warf Dorothea ein. „Die anderen Vögel?" Richard gackerte heiser. „Pfeif doch drauf was die anderen denken. Sei einfach stolz auf das was du bist. Was die anderen über dich denken kann dir doch völlig egal sein!"

Ehe Dorothea darauf antworten konnte sagte der Rabe: „So Dorothea die Drossel, ich muss jetzt schlafen. Es war ein langer Tag." Der Rabe kauerte sich zusammen und war fast augenblicklich eingeschlafen. Und so machte es sich auch Dorothea auf ihrem Ast bequem und war eine kurze Zeit später ebenfalls eingeschlafen. Als sie am nächsten Morgen erwachte war der Ast über ihr leer und von dem Raben keine Spur mehr.

KAPITEL 3

Als das erste Licht des neuen Tages durch die Baumkronen leuchtete wachte Dorothea auf. Sie streckte ihre Flügel, klopfte sich einige Blätter aus ihrem Gefieder und flog von ihrem Ast auf den Boden herunter. Dort machte sie sich auf die Suche nach ein paar Regenwürmern, die sie zum Frühstück verspeisen konnte. Mittlerweile hatte sie furchtbaren Hunger. Sie hatte gestern so gut wie nichts gegessen und langsam meldete sich ihr Magen zu Wort.

Auf ihrer Suche nach etwas Essbarem musste sie an ihre nächtliche Unterhaltung mit dem Raben denken. Vielleicht hatte er ja Recht? Musste sie sich gar nicht so viele Sorgen um das machen was andere von ihr dachten?

Nachdem sie zwei Regenwürmer verspeist hatte, die sich einen Weg durch das Unterholz gebahnt hatten, machte sie sich auf in Richtung Sonne, die mittlerweile am Horizont empor gekrochen war. Sie durchflog den Wald der sich als viel größer herausstellte als sie anfangs vermutet hatte.

Sie musste sich einige Male nach dem Stand der Sonne ausrichten, um nicht die Orientierung zu verlieren. Als sie dachte sie würde nie wieder aus dem Wald herausfinden fand sie vor sich tatsächlich eine Öffnung zwischen den Bäumen aus der die Sonne heraus schien.

Der Anblick, der sich ihr bot ließ ihr den Atem stocken. Ein grünes Feld erstreckte sich vor ihr. Es war so groß, dass es bis zum

Horizont zu reichen schien. Durch dieses Feld schlängelte sich ein Fluss wie eine Schlange durch einen Wald. Sie sah mehrere Vogelschwärme am Himmel fliegen und unzählige andere Tiere bewegten sich an Land oder im Fluss vor ihr fort. Nachdem sie sich an dem Anblick satt gesehen hatte, spannte sie ihre Flügel und erhob sich in die Lüfte.

Der Wind war auf ihrer Seite und so fegte sie über das Feld. Die Sonne brannte heiß auf sie herab und da es keinerlei Bäume auf dem Feld gab, gab es auch nichts, dass ihr Schatten spenden konnte. Um die Mittagszeit als es am heißesten war, verließ Dorothea ihre Kraft.
Sie war nun schon den ganzen Vormittag und bis weit über den Mittag geflogen und ihre Flügel wurden ihr lahm. Sie drehte sich um, um zu sehen wie viel Strecke sie schon zurückgelegt hatte und erschrak. Sie konnte den Wald immer noch deutlich sehen.

„Ich bin wirklich eine lahme, langsame Drossel.", jammerte sie. „Ich fliege den halben Tag und komme doch nicht recht vom Fleck." Diese Feststellung deprimierte Dorothea sehr. „Ich muss noch etwas weiterfliegen bis ich einen Ort gefunden habe, an dem ich mich ausruhen kann." spornte sie sich selbst an.
Sie orientierte sich an dem endlos lang wirkenden Fluss. Und so flog und flog sie weiter.

Nach einer weiteren Stunde fand sie schließlich einen kleinen Bach. Dort gab es zwar auch nichts, dass ihr Schatten spenden konnte, aber sie würde zumindest ihren Durst stillen können. Denn das Fliegen hatte sie völlig ausgedörrt und sehr durstig gemacht. Und so landete sie neben dem Bach und begann zu trinken. Das Wasser schmeckte herrlich. Nachdem sie sich satt getrunken hatte, fand sie einen kleinen Baumstamm in der Nähe des Wassers, auf dem sie es sich bequem machte.

Als sie sich gerade setzen wollte schrie plötzlich etwas direkt neben ihr laut auf.

„Hey da! Pass doch auf wo du dich hinsetzt!", irritiert blickte sich Dorothea um, konnte aber niemanden entdecken. „Hier unten bin ich du Riesen Trampel." Erst jetzt bemerkt Dorothea eine kleine Schnecke neben sich auf dem Baumstamm die wütend aus ihrem Haus heraus Dorothea anblickte. „Verzeihung, ich habe dich gar nicht gesehen.", versuchte Dorothea sich zu entschuldigen. „Pah. Du glaubst gar nicht wie oft ich das höre." „Nun hab dich nicht so", sagte Dorothea beschwichtigend. „Ich habe mich doch schon entschuldigt." „Pah!" schnaubte die Schnecke verächtlich. „Du hast leicht reden. Du bist ja auch riesig. Dich sieht jeder sofort! Aber mich kleine Schnecke übersieht man ganz leicht."

Dorothea ließ die Schnecke sich noch etwas aufregen da sie merkte, dass die Schnecke ihrem Ärger Luft machen musste. „…da geht mir manchmal echt fast das Haus hoch. So ein Jungspund wie du hat keinerlei Sorgen im Leben!" Die Schnecke regte sich furchtbar auf.

So sehr, dass ihr kleines Gesicht eine rötliche Farbe annahm. „Jetzt beruhige dich doch erstmal bitte. Wie heißt du denn überhaupt?" fragte Dorothea freundlich. „Ich heiße Sieglinde die Schnecke. Aber meine Freunde und meine Familie nennen mich einfach nur Siggi. Du bist zwar weder das eine noch das andere, aber du kannst mich gerne auch so nennen." Dorothea überging die böse Bemerkung der Schnecke Siggi und antworte: „Sehr erfreut Siggi. Ich heiße Dorothea. Dorothea die Drossel." „Aha." sagte die Schnecke. „Komischer Name." Dorothea verkniff es sich zu sagen, dass der Name „Siggi die Schnecke" auch nicht viel besser sei um die Schnecke nicht noch wütender zu machen.

„So, und was führt dich hierher Dorothea die Drossel?" fragte Siggi. „Also…" und so erzählte Dorothea ihre Geschichte. Nur den Teil mit dem Raben, der ihr gezeigt hatte, dass es nicht auf ihr Äußeres ankam ließ sie weg. Das ging die Schnecke nichts an fand sie. „Puh was für eine Geschichte." sagte Siggi schließlich und kratzte sich nachdenklich am Fühler. „Das ist ja alles gut und schön, nur eine Kleinigkeit verstehe ich nicht."

„Was verstehst du denn nicht?" fragte Dorothea neugierig. „Du bist von deinem Zuhause weggeflogen, weil die anderen Vögel gemein zu dir waren und gesagt haben du seist zu langsam?" Dorothea nickte. „Ja wieso?" „Wie du vielleicht bemerkt hast, bin ich eine Schnecke. Allgemein auch bekannt als das langsamste Tier der Welt. Und *du* beschwerst dich bei *mir*, dass du langsam bist? Klingt das nicht irgendwie falsch? Du musst, dass alles aus einem anderen Blickwinkel betrachten. Du hast vielleicht das Gefühl langsam zu sein aber vergleich dich doch mal mit anderen Tieren. Guck nicht immer was du alles *nicht* kannst. Guck doch lieber *was* du alles kannst."

Das musste Dorothea erstmal verdauen. War sie wirklich zu sehr darauf konzentriert sich Gedanken darüber zu machen was sie alles nicht so gut konnte? „Meinst du wirklich?" fragte sie. Aber die Schnecke war schon wieder mit ihren Gedanken ganz woanders. „Doofe Vögel…immer auf die Kleinen…" hörte Dorothea sie brummeln. Dorothea räusperte sich. „Auf Wiedersehen Siggi ich muss jetzt weiter. Ich werde über deine Worte nachdenken. Gute Reise noch!" Die Schnecke hob den Kopf und sagte: „Du bist ja immer noch da. Ja, ja gute Reise. Ich werde jetzt erstmal meine Familie suchen, so wie ich die kenne werden die schon wieder ohne mich weitergezogen sein. Freunde kannst du dir aussuchen aber Familie…"

Dorothea ließ die Schnecke weiter meckern und erhob sich in die Lüfte. Sie fühlte sich ausgeruht und ihre Flügel schmerzten ihr nicht mehr. So setzte sie mit neuem Mut und neuen Ansichten ihre Reise fort.

KAPITEL 4

Die Sonne hatte etwas von ihrer Stärke verloren und begann bereits ihren Abstieg hinter die weit entfernten Berge. Dorothea hatte den Wind auf ihrer Seite und sauste frohen Mutes weiter und immer weiter der Sonne entgegen. Das Feld unter ihr sprühte vor Leben. Sie sah eine Entenfamilie den Fluss heraufwatscheln, sah Frösche, die es sich auf einigen Lilienblättern auf dem Fluss bequem gemacht hatten und sogar einen riesigen, anmutigen Elch sah sie, der das Feld entlang stolzierte. Auch der Himmel um sie herum tobte vor Leben. Sie sah einen Schwarm Drosseln, die sie für einen kurzen Moment traurig stimmten, da sie an ihre Mutter und ihren Vater denken musste. Schnell fühlte sie, ob sie noch den Ring ihres Vaters in ihrem Gefieder trug und es überkam sie eine Woge der Erleichterung als sie spürte, dass er noch da war.

Sie sah einen Raben, sie konnte allerdings nicht sagen ob es sich um Richard handelte, einige Zugvögel und ganz weit entfernt meinte sie sogar einen Adler erspähen zu können. Dieser kreiste gerade majestätisch um einen der schneebedeckten Gipfel. Sie sog all diese Eindrücke in sich auf und fühlte sich völlig frei.

Frei, sorgenlos und glücklich. So beschwingt verging die Zeit gewissermaßen wirklich wie im Flug. Irgendwann, sie vermochte nicht genau zu sagen wann, endete das Feld einfach. An seiner Stelle tauchten am Horizont hohe Fichten und Tannen vor ihr auf. „Nicht schon wieder ein Wald." dachte sie. In dem Moment brach ein Schwarm Gänse aus den Bäumen hervor und flog direkt auf Dorothea zu. Die Gänse schienen es sehr eilig zu haben. „Hey! Wo wollt ihr denn so schnell hin?", rief sie einer Gans zu.

„Weg. Ganz schnell weg von hier." antworte diese, ohne anzu-
halten und noch ehe Dorothea fragen konnte warum die Gans so
schnell weg musste war diese auch schon weitergeflogen. Eine
andere Gans aus der Gruppe rief ihr zu: „An deiner Stelle würde
ich auch zusehen, dass ich einen Unterschlupf finde! Ein Sturm
zieht auf!"

Dorothea blickte zum Horizont und tatsächlich, über dem Wald
kam eine riesige graue Wolke auf den kleinen Vogel zu.
Blitze zuckten aus der Wolke hervor und kurz darauf ertönte ein
Donner, der so laut war, dass das ganze Feld, um Dorothea zu
vibrieren schien. „Oh je! Wo fliege ich denn jetzt bloß hin?"
dachte sie panisch.

So schnell sie konnte fing Dorothea an in die Richtung zu fliegen
aus der sie kam. Unter ihr verfielen alle Tiere auf dem Feld in eine
große Hektik. Hasen hoppelten kreuz und quer über die Wiese,
eine Gruppe Biber sprang schnell in den Fluss und schwamm davon, Rehe sprangen über die Felder mal in die eine und mal in
die andere Richtung und Dorothea meinte sogar inmitten des Tu-
multes ein kleines Schneckenhaus erspähen zu können.

Einzig und allein der große Elch schien sich von dem ganzen
Trubel nicht beirren zu lassen. Er wanderte weiter mit seinem
hoch erhobenen Haupt mitten rein in das Unwetter.

Schon bald fing es an zu regnen und kurz darauf konnte
Dorothea kaum noch sehen wohin sie überhaupt flog da der Re-
gen ihre Sicht so stark beeinträchtigte. Als dann der Wind auch
noch aufbrauste, bekam sie es mit der Angst zu tun.
„Hoffentlich verliere ich nur nicht den Ring!", dachte sie die
ganze Zeit.

„Vater würde es mir nie verzeihen!", dies war ihr letzter Gedanke bevor eine Windböe sie packte und Dorothea der Drossel schwarz vor Augen wurde.

Als sie die Augen wieder aufschlug, herrschte Dunkelheit um sie herum. „Wo bin ich?" dachte sie ängstlich. Als sie versuchte ihre Flügel zu bewegen stellte sie mit Schrecken fest, dass ihr linker Flügel lahm war und schmerzte. Langsam gewöhnten sich ihre Augen an die Dunkelheit und sie nahm unscharf einige Umrisse vor sich war. Sie befand sich anscheinend in dem Wald, über dem das Gewitter aufgezogen war. Sie blickte sich um. Soweit sie im Dunklen sehen konnte waren vor ihr Bäume und hinter ihr Bäume. Der Wald war ruhig und das Unwetter schien sich verflüchtigt zu haben. Kein Lebewesen regte sich und Dorothea fühlte sich einsamer als je zuvor.

Was hätte sie jetzt für die Gesellschaft eines Raben oder einer Schnecke gegeben. Dorothea tapste, ihren verletzten Flügel schonend, tiefer in den Wald hinein. Jeder Schritt schmerzte ihr sehr trotzdem setzte sie ihren Weg fort. Der Wald war ihr unheimlich und so gar nicht wie der Wald, in dem sie Richard getroffen hatte. Die Bäume schienen auf sie herabzublicken und Dorothea vermied es sich umzusehen aus Furcht vor dem, was im tiefen, dunklen Wald lauern könnte.

Nach einer Weile erreichte sie eine kleine Lichtung. Der Mond leuchtete durch eine kleine Öffnung im Geäst der Bäume auf die kleine Drossel herab. Das Licht hatte etwas Beruhigendes und nahm Dorothea die Angst. Sie ließ sich erschöpft und müde auf einem kleinen Laubhügel fallen. Außer ihr war niemand auf der Lichtung doch als sie den Laubhügel herunter blickte auf dem sie saß meinte sie eine Gestalt unter den Blättern zu erblicken. Schnell tapste sie von dem Hügel herunter und befreite das Wesen von den Blättern, die es bedeckten.

Als sie alle Blätter mit ihrem Schnabel beiseite gepickt hatte, um ihren verletzten Flügel zu schonen, erkannte Dorothea um was es sich bei dem Wesen handelte, es war eine Drossel. Sie sah jedoch ganz anders aus als die Drosseln die Dorothea kannte. So eine Drossel hatte sie noch nie gesehen. Diese war so weiß wie Schnee und schien im Mondlicht zu leuchten.

Als Dorothea die andere Drossel mit ihrem Flügel an stupste schlug diese die Augen auf und wich erschrocken zurück.
„Wer bist du denn?", fragten beide Vögel gleichzeitig. „Also ich bin Dorothea. Dorothea die Drossel.", antworte Dorothea als erstes. „Dorothea? So ein hübscher Name." die andere Drossel erhob sich und klopfte sich noch einige Blätter aus dem hellen Gefieder. „Ich bin sehr erfreut deine Bekanntschaft zu machen liebe Dorothea.", die Drossel machte eine Art Verbeugung. „Oh verzeih mir bitte. Bei so einem hübschen Vogel wie du einer bist vergesse ich meine Manieren. Ich heiße Doran. Doran die einzige weiße Drossel mit roten Augen, die es gibt." Erneute machte die Drossel einen sehr unbeholfenen Knicks. „Ich…ich bin doch nicht hübsch…" antwortete Dorothea schüchtern.

Noch nie hatte ihr jemand gesagt sie sei hübsch. Sie war doch immer die hässliche pechschwarze Drossel gewesen. Sie merkte wie sie errötete.

„Ich freue mich auch deine Bekanntschaft zu machen, Doran. Es ist schön mal wieder einer anderen Drossel zu begegnen." Sie merkte wie sie sich beim Sprechen verhaspelte und kaum ein Wort fehlerfrei herausbekam. Wieso war sie denn bloß so nervös? „Wo kommst du denn her?" fragte Doran und holte damit Dorothea aus ihren Gedanken. „Ach das ist eine lange Geschichte…" unruhig hüpfte sie von einem Bein auf das andere. „Ich höre sie mir gerne an!" sagte ihre neue Bekanntschaft freundlich.

So setzten sich die beiden Drosseln auf den Blätterhaufen aus dem Dorothea Doran gerade noch befreit hatte und Dorothea erzählte Doran von allem was sie bisher erlebt hatte. Sie erzählte von Richard dem Raben und Siggi der Schnecke. Sie erzählte von dem großen weiten Feld und schließlich von dem Sturm, der die beiden Drosseln zueinander geführt hatte. Den Teil der Geschichte mit dem Ring ließ sie aus. Das war ihr dann doch zu persönlich und ging Doran nichts an, fand sie. Außerdem hatten sie sich doch gerade erst kennengelernt.

Als Dorothea zu Ende erzählt hatte, sagte Doran: „Meine Güte. Das ist ja eine Geschichte! Meine ist leider nicht ganz so interessant.", „Erzähl sie mir trotzdem." bat Dorothea. Und so war es jetzt an Doran zu erzählen woher er kam.
„Ich habe leider nicht so eine tolle Familie gehabt wie du Dorothea.", seine Stimme klang so traurig als er das sagte, dass es Dorothea fast das Herz brach.
„Kurz nachdem ich geschlüpft bin, bin ich aus dem Nest meiner Eltern gefallen. Vielleicht bin ich auch runtergestoßen worden. Das weiß ich nicht genau. Ich war nämlich nicht sehr geschätzt musst du wissen. Durch mein sehr helles weißes Gefieder sei ich keine richtige Drossel hat meine Mutter gesagt." „Was?", fragte Dorothea erschrocken. „Das ist ja furchtbar! Wie kann man sowas schreckliches denn seinem Kind sagen?" „Ich sage ja, meine Familie ist nicht so herzlich wie deine anscheinend ist."

Dorothea hatte schreckliches Mitleid mit Doran und plötzlich kam ihr ihre   Geschichte geradezu lächerlich vor. „Erzähl bitte weiter.", forderte sie die weiße Drossel freundlich auf.

„Ach da gibt's eigentlich nicht mehr viel zu erzählen. Als ich aus dem Nest gefallen bin, habe ich zuerst versucht einen Weg hinauf zu finden. Das gelang mir jedoch leider nicht. Von da an bin ich in verschiedenen Schwärmen mitgeflogen, aber keine hat mich richtig akzeptiert. Auch bei einer anderen Drossel Familie war ich eine Zeit lang doch die haben sich auch nur über mein Aussehen lustig gemacht.", Doran hielt kurz inne als würde ihm sein trauriges Schicksal erst jetzt bewusstwerden. „Naja und jetzt bin ich hier bei dir gelandet. Und weißt du was? Ich bin richtig froh, dass uns beide der Sturm erwischt hat. Sonst wären wir uns nie begegnet!" Darüber musste Dorothea lachen. „So habe ich das noch nie gesehen.", Beide Drosseln lachten.

Sie hatten sich so lange unterhalten, dass mittlerweile schon die ersten Sonnenstrahlen durch die Bäume leuchteten. Die beiden Vögel saßen eine Weile einfach nebeneinander und lauschten den Geräuschen des aufwachenden Waldes.
Und was willst du jetzt machen?" fragte Doran in die Stille hinein. Seine Worte verhallten im Wald. „Ich weiß es nicht.", sagte Dorothea traurig. Sie wollte doch eigentlich einen Ort finden, an dem sie niemand kannte. Mittlerweile war sie sich aber gar nicht mehr sicher, ob sie das wirklich wollte. „Also ich will nach Norden fliegen." sagte Doran.

„Warum denn nach Norden?", fragte Dorothea überrascht. „Also alle Vögel, mit denen ich mich bis jetzt unterhalten habe, sagen, dass sie in den Süden fliegen. Das bedeutet im Norden dürfte es jetzt schön leer sein. Da will ich jetzt hin." Der Gedanke gefiel Dorothea ganz gut.
„Und das bedeutet dort ist niemand, der uns wegen unseres Aussehens auslachen könnte. Oder weil wir nicht schnell fliegen können. Oder...", sie blickte Doran direkt in die Augen als sie sagte: „Oder, weil wir ein helles Gefieder und rote Augen haben."

„Das klingt wirklich toll.", pflichtete ihr Doran bei. „Lass uns doch zusammen nach Norden fliegen.", schlug die helle Drossel vor. „Das ist eine tolle Idee. Mit jemandem zusammen fliegt es sich doch auch viel schöner." Plötzlich hatte Dorothea doch wieder Zweifel, betrübt senkte sie den Kopf. „Ich habe dir ja schon erzählt, ich bin nicht besonders schnell…" „Ach das macht doch nichts. Ich bin auch nicht so schnell." Unterbrach sie Doran.

„Naja und ich bin auch nicht besonders hübsch anzusehen. Vielleicht schämst du dich ja für mich, wenn du mit mir unterwegs bist.", warf Dorothea ein. „Das ist doch Quatsch! Wenn dann lachen die anderen über mich, die weiße Drossel mit den roten Augen. Und außerdem finde ich dich sogar äußerst hübsch anzusehen." Dorothea errötete erneut und wusste keinen Grund mehr nicht mit Doran der Drossel zu fliegen. „Also los Dorothea. Fliegen wir nach Norden!"

KAPITEL 5

Die ersten Wochen nach dem sich die beiden getroffen hatten, verbrachten Dorothea und Doran noch in dem dunklen Wald. Dieser war mit Doran an Dorotheas Seite gar nicht mehr so finster. Als Dorotheas Flügel schließlich wieder vollständig genesen war machten sich die beiden Vögel auf den Weg in den Norden.

Für Dorothea begann von dem Moment an, an dem sie mit Doran nach Norden flog, die schönste Zeit ihres Lebens. Doran die Drossel, entwickelte sich in dieser Zeit zu ihrem besten Freund. Es brachte einfach so viel Spaß mit ihm zu fliegen. Die beiden Drosseln hatten sich eine Menge zu erzählen und lachten an manchen Tagen so viel, dass Dorothea Bauchschmerzen bekam. Dorothea wusste bald gar nicht mehr wie es war ohne Doran zu fliegen. Die ersten paar Wochen nach dem sie sich getroffen hatten, verbrachten sie noch in dem dunklen Wald. Dieser war mit Doran an ihrer Seite gar nicht mehr so finster. Als Dorotheas Flügel wieder vollständig genesen war machten sich die beiden auf in den Norden.

Immer wenn Doran mal eine Zeit lang getrennt von ihr war, um ihr Abendessen zu jagen, vermisste sie ihn schon sobald sie sein helles Gefieder nicht mehr sehen konnte. Als er dann nach einer gefühlten Ewigkeit mit ihrem Essen zurückkam, dies bestand meistens aus Insekten und Beeren, freute sich Dorothea so sehr, als hätten sie sich seit Wochen nicht gesehen. Dorotheas Herz machte jedes Mal einen Sprung vor Freude, wenn sie die glatten weißen Federn der Drossel erspähen konnte. Die beiden Vögel ergänzten sich sehr gut.

An manchen Tagen, wenn sie schon lange unterwegs waren, taten Dorothea die Flügel so doll weh, dass sie erst einmal auf einem Baum verschnaufen musste. „Für heute sind wir genug geflogen.", sagte Doran dann immer und setzte sich neben Dorothea. „Ist es denn noch sehr weit nach Norden?", fragte Dorothea. „Ich denke wir werden noch viele Meilen fliegen müssen.", antwortete Doran. Dorothea war das nur Recht. Sie wusste sie würde mit Doran auch die Welt umrunden, so sehr hatte sie die andere Drossel in ihr Herz geschlossen. Den Rest des Abends verbrachten sie stets damit, sich Geschichten zu erzählen.

Hauptsächlich erzählte Doran und Dorothea lauschte ihm gespannt. Doran hatte wirklich schon einiges erlebt in der Zeit, in der er in verschiedenen Vogel Schwärmen mitgeflogen war. „Erst zwei Wochen nachdem ich es mir in ihrem Nest bequem gemacht hatte, bemerkte der Adler, dass ich gar nicht zu seinen Kindern gehörte!"

Dorothea musste so lachen, dass sie beinahe von dem Ast gefallen wäre, auf dem es sich die beiden Drosseln gerade gemütlich gemacht hatten. Gerade noch schaffte es Doran seinen Flügel schützend, um Dorothea zu legen. Dort ließ er ihn auch für den Rest des Abends, was Dorothea gar nicht störte. Irgendwann schliefen die beiden dann so aneinander gekuschelt ein. Dorothea liebte es Doran neben sich atmen zu hören. Sie fühlte sich dann geborgen und es erinnerte sie an zuhause.

Eines Tages, nachdem die beiden Drosseln schon mehrere Wochen unterwegs waren, hörten die Wälder, die Täler, die Flüsse und die Felder auf vor ihnen zu erscheinen. „Sind wir jetzt im Norden?" fragte Dorothea aufgeregt. „Warts ab!", sagte Doran. Und so flogen sie noch eine Weile nebeneinander her. Plötzlich tauchte wie aus dem Nichts ein gigantisch großer See auf.

So viel Wasser an einem Ort hatte Dorothea noch nie in ihrem Leben gesehen. „Was ist das denn für ein riesiger See?", rief sie erstaunt. Ehe Doran antworten konnte, flogen zwei seltsam aussehende Vögel an ihnen vorbei. Sie schienen zu gackern als sie die beiden Drosseln erblickten.

„Solche Vögel habe ich ja auch noch nie gesehen!" Dorothea kam aus dem   Staunen gar nicht mehr heraus. Sehr zur Belustigung von Doran. „Das sind Möwen Dorothea, und der große See dort ist das Meer. Hast du noch nie das Meer gesehen?", fragte Doran erstaunt. „Nein noch nie." antwortete Dorothea. „Wie groß ist denn dieses „Meer"?" „Das weiß niemand so genau.", sagte Doran. Seine Stimme klang geheimnisvoll, so als ließe er Dorothea an großem Wissen teilhaben.

„Doch ich habe mal von einem Vogel gehört, der versucht hat über das Meer zu fliegen. Er sagt, es dauert mehrere Tage bis man überhaupt wieder ein Stück Land erreicht. So groß ist das Meer." „Das ist ja unglaublich!", rief Dorothea aus.

Sie beobachtete fasziniert das sich stetig bewegende Wasser. Die Luft, die sie atmete, war herrlich. Sie plusterte ihr Fell auf und genoss den Wind, der ihr durchs Gefieder wehte.

Später am Tag flogen die beiden Vögel wieder an den Punkt des Meeres, an dem das Wasser das Land berührte. Zaghaft steckte Dorothea einen Fuß in das helle blaue Wasser. Sie spürte wie es gegen ihre Fuß stieß und sie begann aufgrund der Kälte des Wassers zu zittern. So etwas hatte Dorothea noch nie erlebt. „Ist das nicht herrlich Doran?" fragte sie. Doran nickte zustimmend. Dorothea blickte in den wolkenlosen blauen Himmel, spürte das Wasser an ihrem Bein und für einen kostbaren Moment war das Leben perfekt.

Dorothea wusste nicht wie lange sie am Strand standen und das Wasser beobachteten. Als die Sonne schließlich in dem endlosen Meer verschwunden war, suchten sich die beiden Vögel einen Ort, an dem sie die Nacht verbringen konnten. „Fliegen wir zu der Düne dort.", schlug Doran vor. Dorothea wusste zwar nicht was eine „Düne" war, aber sie folgte dennoch ihrem Freund. Wie sich herausstellte war eine „Düne" ein kleiner Hügel, der komplett aus Sand besteht. Doran und Dorothea machten es sich zwischen einigen Gräsern gemütlich die im leichten Abendwind vor sich hin wankten. Doran breitete seine Flügel um Dorothea aus und sie saßen eine Weile einfach da und blickten auf das Meer hinaus. „Es ist einfach herrlich hier, lass uns nie mehr fort fliegen Doran.", seufzte Dorothea.

In diesem Moment fielen Dorothea die Worte ihres Vaters wieder ein: „Wenn du den Ort findest, von dem du nie wieder fortgehen möchtest, dann sollst du dort dein Nest bauen." Dorothea sprach die Worte leise nach. „Was hast du gesagt Dorothea?", fragte die helle Drossel. „Du sollst dein Nest dort bauen wo du nie wieder fortgehen möchtest", diese Worte hat mein Vater mir gesagt als ich damals fortgeflogen bin." Damals. Wie lange das schon her war. „Was wohl Mutter und Vater gerademachen?", dachte Dorothea.

Immer wenn Dorothea an ihr Zuhause dachte, hatte sie schreckliches Heimweh. Das Heimweh überkam sie stets wie eine Welle, die den Strand heraufgespült wird. „Das sind schöne Worte von deinem Vater. Du weißt aber schon, dass man sein Nest immer mit jemandem zusammenbauen sollte, oder?" Doran holte Dorothea aus ihren trüben Gedanken. Das Drosselmännchen richtete sich auf und klopfte sich Sand aus seinem Gefieder. Dieses strahlte im matten Licht der untergehenden Sonne noch heller als sonst. „Und man muss das Nest mit jemandem bauen, mit dem man sein Leben lang zusammenbleiben will." Als er das sagte, blickte er Dorothea direkt in die Augen. „Ach ist das so? Oder denkst du dir das gerade aus?", fragte Dorothea neckisch.

„Oh nein keineswegs verehrte Dorothea. Ich habe zwar nicht viele Erinnerungen an meine Mutter oder an sonst jemanden aus meiner Familie, aber an diese Worte meiner Mutter kann ich mich sehr gut erinnern. „Zum Nestbau braucht es immer zwei", pflegte sie zu sagen." „Jetzt muss ich nur jemanden finden der hier mein Nest mit mir baut.", sagte Dorothea. „Also ich wüsste da jemanden...", sagte Doran. „Ach ja? Wen denn?", fragte Dorothea, wobei ihr Herz die Antwort schon längst kannte.

Die beiden Vögel sahen sich an. Dorothea hatte sich mittlerweile an die roten Augen von Doran gewöhnt. Aber nicht nur an die Augen hatte sie sich gewöhnt, sie liebte auch seinen fröhlichen Charakter, seine Fähigkeit sie aus ihren traurigsten Gedanken zu holen und sie immer wieder zum Lachen bringen zu können. Moment. Hatte sie gerade „lieben" gedacht...

„Wie wäre es mit mir?", fragte Doran und plusterte sein Fell übertrieben auf. „Mit dir soll ich ein Nest bauen? Einer hellen Drossel mit roten Augen? Vergiss es!" Dorothea versuchte so ernst zu klingen wie nur möglich. Doran starrte sie fassungslos an. „Das meinst du nicht ernst oder Dorothea?" Dorothea konnte nicht mehr an sich halten und prustete los. „Na warte!", sagte Doran und stürzte sich auf das Drosselweibchen. Beide Vögel kullerten lachend die Düne herunter. Sie jagten sich eine Weile über den Strand bis Dorothea laut japsend: „Genug! Ich kann nicht mehr!", rief.

Beide Vögel flogen zurück zu der Düne und saßen eine Weile einfach aneinander gekuschelt da und lauschten dem Rauschen des Meeres. Doran durchbrach schließlich die Stille mit einem Räuspern und sagte: „Könntest du dir denn...also ich meine...du und ich…könntest du dir denn vorstellen, dass wir beide gemeinsam ein Nest bauen und Kinder großziehen?" Dorothea musste nicht lange überlegen.

„Doran. Wenn ich bei dir bin gibt es keinen Ort, an dem ich lieber wäre. Natürlich kann ich mir vorstellen mit dir ein Nest zu bauen!" Ehe Doran darauf etwas antworten konnte, berührten sich ihre Schnäbel schon für einen Kuss.

KAPITEL 6

Dorothea wusste nicht wann Doran und sie in dieser Nacht eingeschlafen sind. Oder ob sie überhaupt geschlafen hatten. Nachdem die Entscheidung getroffen wurde gemeinsam ein Nest zu bauen, sprudelten die beiden Drosseln beinahe über vor Ideen für ihr eigenes Nest. Eine Idee war besser als die   vorherige. Sie lachten beide sehr viel und unterbrachen ihre Planungen nur, um ein kleines Frühstück einzunehmen, als die Sonne aufgegangen war. Die Regenwürmer, die Doran gefangen hatte, schmeckten so salzig wie der Wind, der über dem hell glitzernden Meer vor ihnen wehte. „Wir müssen hier einen geeigneten Platz für das Nest finden.", entschied Doran. „Es darf jedoch nicht auf Sand gebaut werden sonst hält es nicht.", warf Dorothea ein. „Lass uns mal nach einem schönen Baum suchen. Einem Baum mit Blick auf das Meer versteht sich." So flogen die beiden Drosseln los.

Schon bald fanden sie eine kleine Gruppe von Bäumen. Allerhand Strandgut war bis zu diesen Bäumen hochgeschwemmt worden. Dorothea sah sich um. Aus einem Gebüsch sprang ein Hase hervor, grüßte die beiden Drosseln und verschwand im Unterholz. „Nette Nachbarn hätten wir auf jeden Fall.", stellte Doran fest und Dorothea lachte.

Dorothea inspizierte eine alte, knochige Eiche. „Lass uns diesen Baum genauer ansehen.", schlug sie vor und flatterte auf einen niedrigen Ast. Von dem Ast aus hatte man einen tollen Blick auf das Meer. Zudem war er breit genug, sodass man ein ordentliches Nest darauf bauen könnte. „Guck mal Doran was sagst du zu diesem Baum?" Doran blickte sich um. „Der ist perfekt! Ich denke nicht, dass wir einen besseren finden. Das hier soll unser Baum werden. Ich sehe hier schon unsere Küken ihre ersten Flugversuche starten." Doran kam richtig ins Schwärmen. „Nun mal langsam.", bremste ihn Dorothea. „Wenn das hier wirklich der Ort für unser Nest werden soll, gibt es etwas, dass ich noch erledigen muss.", sie stöberte in ihrem Gefieder und brachte den Ring in Form einer Acht zum Vorschein, den ihr Vater ihr geschenkt hatte. Er funkelte noch so schön, wie an dem Tag, an dem sie von zuhause fortgeflogen war.

„Wow!", sagte Doran. „Wo hast du denn den her? Der ist ja wunderschön. Ich dachte ich würde mit einer Drossel ein Nest bauen und nicht mit einer diebischen Elster." „Du bist doof.", sagte Dorothea. „Ich habe nicht nur weise Worte von meinem Vater mitbekommen, sondern auch diesen Ring. Er hat ihn von seiner Mutter erhalten und diente ihm schon als Grundlage für das Nest in dem ich aufgewachsen bin. Und wenn ich den Ort finde, an dem ich mein Nest bauen will, soll dieser Ring der Grundstein sein, hat er gesagt."

Feierlich legte Dorothea den Ring auf dem breiten, dicken Ast ab. Doran und Dorothea umarmten sich. „Willkommen in unserem zuhause.", sagte Dorothea.

EPILOG

Dorothea und Doran lebten fortan glücklich auf der alten

Eiche am Meer. Die beiden Drosseln feierten kurz nach der Fertigstellung des Nestes eine Vogelhochzeit, zu der die beiden ihre Freunde und Dorothea auch ihre Eltern eingeladen hatte.

Groß war die Freude als Mama und Papa Drossel ihre Dorothea wieder in die Flügel schließen konnten. „Groß bist du geworden mein kleiner Spatz.", rief Mama Drossel freudig als sie Dorothea erblickte. „Mama wie oft denn noch? Ich bin nicht dein kleiner Spatz!" Auch wenn sie es nicht mochte „kleiner Spatz" von ihrer Mutter genannt zu werden liebte sie ihre Mutter sehr doll.

Richard der Rabe und Siggi die Schnecke waren ebenfalls zu der Feier gekommen. Siggi kam jedoch etwas zu spät worüber sie sich lautstark beklagte.

„Und, hast du einen Ort gefunden, an dem es egal ist, ob du besonders hübsch oder besonders schnell bist?" fragte ihre Mama Dorothea. „Ach, darüber bin ich hinweg.", sagte Dorothea und blickte zu dem Raben und der Schnecke hinüber.

Doran wurde auch freudig in der Drosselfamilie aufgenommen. Ihr Vater schien zwar erst einige Vorbehalte gegen Doran zu haben aber nach einer Weile und einem Gespräch mit seiner Frau sagte er schließlich zu Dorothea und Doran: „Ihr beiden müsst mir verzeihen. So sind wir Väter nun mal. Wir wollen immer das

Beste für unsere Töchter." Schließlich umarmte auch er Doran mit seinen großen Flügeln.

Später als die Hochzeitszeremonie vorüber und die Hochzeitsfeier in vollem Gange war nahm Dorothea ihren Vater beiseite und führte ihn zu dem Nest welches Doran und sie liebevoll gebaut hatten.

Stolz zeigte Dorothea ihrem Vater den Ring der als Grundstein des Nestes diente. Ganz so wie Dorotheas Vater sich das erhofft hatte. Als er den Ring sah sagte er: „Ich bin so stolz auf dich Dorothea." Ganz fest drückte er sie an sich sowie an dem Tag als sie von ihm fortgeflogen war. „Ich habe dich lieb Papa." sagte sie. „Ich habe dich auch lieb Dorothea."

Dorothea die Drossel war nicht besonders hübsch anzusehen, mit ihrem pechschwarzen Gefieder. Auch besonders schnell war sie nicht. Aber das war völlig egal. Denn Dorothea hatte etwas, das viel wertvoller und viel wichtiger war: sie hatte eine Familie.

⌇⌇